FRANÇOIS GAUZI

Les étranges fleurs du jardin d'amour

PARIS
PAUL CATIN
ÉDITEUR
—
1927

Les étranges fleurs
du Jardin d'amour

JUSTIFICATION DU TIRAGE

Il a été tiré de cet ouvrage 1 exemplaire sur papier Japon
et 150 exemplaires sur papier alfa.

N° 

FRANÇOIS GAUZI

Les étranges fleurs
du Jardin d'amour

Ouvrage orné de 35 vignettes dans le texte
et de 16 illustrations hors texte.

PAUL CATIN, Éditeur, 3, Rue du Sabot, PARIS

Les étranges fleurs du jardin d'amour

Composer un livre avec un sujet aussi usé
que celui des femmes fleurs, est presque un para-
doxe à une époque où le goût de la déformation
grotesque, la recherche du difforme, hante le cerveau des artistes autant que celui des littérateurs.

Des poètes, subtils, bâtards de Beaudelaire, croient atteindre à la poésie
pure en écrivant des vers, secrets, incompréhensibles et par cela même admira-
bles. Des peintres de la jeune école, en suivant l'exemple des littérateurs, croient
également atteindre le sommet de l'Art en restant informes. L'homme, l'animal,
la plante, tout dans le monde doit être représenté sur la toile, avec des cubes,
des cônes, des sphères entremêlés de lignes incohérentes où se heurte la gamme
des couleurs. Celui qui continue de peindre selon les règles observées par les
anciens, n'est aujourd'hui qu'un cul-de-jatte parmi l'arrière-garde des
traînards.

En montrant seize portraits de femmes d'une simplicité enfantine, l'auteur
des « Etranges fleurs du Jardin d'amour » n'a eu d'autre intention que
d'amuser, pendant une heure, les grands enfants dont l'esprit est resté simplet
comme le sien.

Juillet 1926.

2

L'Adonide

L'Adonide

Je m'abandonne tout entière, corps et âme.
Entre les bras de mon amant,
Je suis comme un jouet vivant,
Aux yeux de sang, au cœur de flamme.

Mon amour est ardent, toujours capricieux ;
J'ai l'indépendance pour reine,
Un fil de soie est une chaîne
Lorsque mes sens, soudain, se font impérieux.

D'un indomptable élan la passion m'emporte.
Celui qui voudra m'arrêter
A jamais devra me coucher
Sur la terre, les bras en croix, rigide et morte,

Et dans mes yeux, ouverts, agrandis par l'effort
Du sang injectant les prunelles,
Brilleront des lueurs rebelles,
Criant encore mon désir, malgré la mort.

Belle de nuit

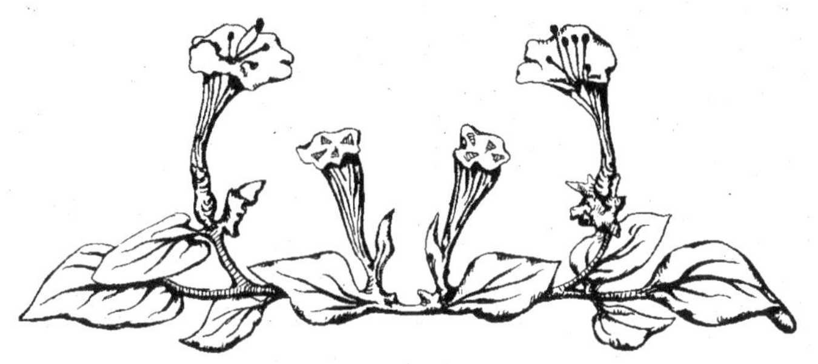

Belle de Nuit

Brutalement le jour tient closes mes paupières.
Elles se rouvrent lorsqu'il fuit
A grands pas, chassé par la nuit,
Pourvoyeuse éhontée, aux amours éphémères.

La poudre au front, et les lèvres d'un rouge ardent,
Pour la séduction parée,
Je me pavane, triste ou gaie,
Belle dans mes atours, qui visent au clinquant.

Comme un grand paon, qui porte imprimés sur ses ailes
Les yeux aveugles de la nuit,
Tourne autour d'un flambeau qui luit,
Espérant découvrir des voluptés nouvelles,

Je cherche mes amants d'un soir, au Tabarin,
Au promenoir du Moulin Rouge,
Dans les salons, dorés, du bouge
Où le noceur se saoule avec une catin.

La Capucine

La Capucine

A l'église on me voit, modeste capucine,
   Sur les dalles m'agenouiller,
   Et modestement implorer,
Pour mes fautes, la miséricorde divine.

Devant Notre-Seigneur, qui les deux bras raidis,
   Meurt sanglant, couronné d'épines
   Dont les stigmates illuminent
La croix, comme un bijou constellé de rubis,

Je prie ardemment, dans un murmure des lèvres,
Me laissant bercer par la voix
Du grand orgue, exaltant ma foi,
Et mon cœur, avec lui, résonne plein de fièvres.

J'espère avoir au ciel, par un juste retour,
De mes vertus la récompense.
Ici-bas, malgré l'espérance,
Mon âme est solitaire, et triste, et sans amour.

La Digitale

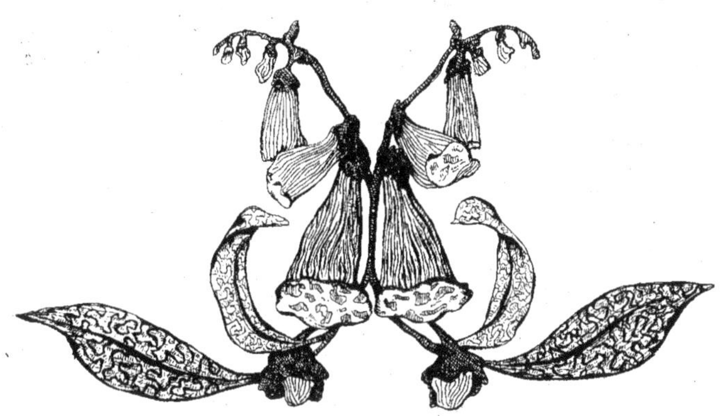

La Digitale

Je resplendis, sanglante et prête pour le mal.
Avec des grâces enjôleuses,
Je tends mes doigts, fleurs vénéneuses,
Qui s'agitent au vent, comme pour un signal.

Malheur, malheur d'amour, à ceux que mon corps tente,
Qui viennent en tremblant d'émoi,
Enervés se pencher sur moi,
Pour assouvir la folle ardeur qui les tourmente.

En vain, désespérés, ils implorent secours,
J'ai mis du poison dans leurs veines,
Jamais ne finiront leurs peines
Et le mal qui les tient les rongera toujours.

La Mort les a marqués. A l'agonie affreuse
Où devra sombrer leur raison,
Il n'est ni pitié, ni pardon.
Il faut payer pour une nuit qui fut heureuse.

L'Eglantine

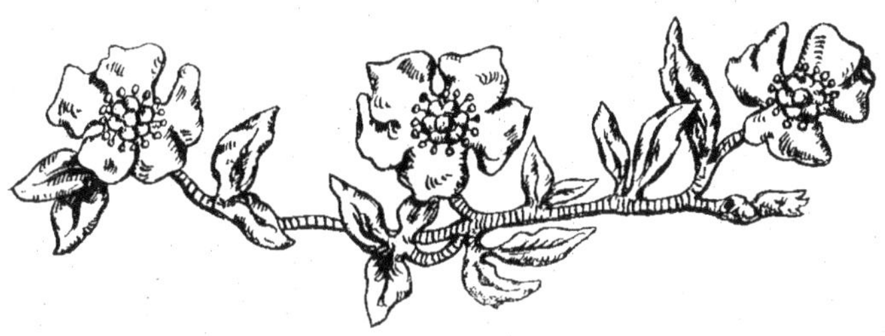

L'Eglantine

Née au printemps je vois déjà la vie en rose.
Etant seulette au bord d'un pré,
L'amour, vainqueur, j'ai désiré ;
Et je l'attends, bien que je sois à peine éclose.

Il viendra, je le sais puisque mon cœur le dit.
C'est un dieu qui toujours voyage,
Il visite la vierge sage ;
Et je l'attends, malgré qu'il soit parfois maudit.

De l'azur il viendra sur ses ailes légères,
Tout d'un trait, sans se reposer,
Prendre à mes lèvres un baiser ;
Et je l'attends, sans l'oublier dans mes prières.

Jeune, beau, triomphant, il a pour seul atour
Sur les yeux une bandelette.
Pour séduire rien ne l'arrête ;
Et je l'attends. Il me vaincra le doux amour.

L'Ellébore

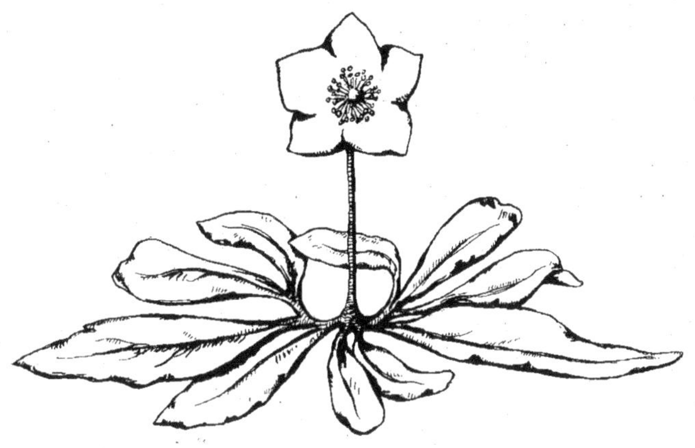

L'Ellébore

Les yeux hagards, la tête branlante d'effroi,
Un homme est sorti des décombres
En rampant, et creusant dans l'ombre
Les parois de l'abri chaviré sous le poids

D'un lourd amas de fer, rougi de flamme vive.
Il erre en cherchant sa raison
Perdue. Et rien à l'horizon
Ne se lève : Sur la terre il n'est âme qui vive.

La lande incendiée est noire de débris,
Dans l'eau stagnante qui miroite
Nage du sang. La face moite,
Le malheureux dément remplit l'air de ses cris.

A ce lugubre appel, pâle comme l'aurore
Une fleur d'amour apparaît,
Et le fou qui de peur clamait,
Chante de joie. Il est guéri par l'Ellébore.

La Fritillaire Impériale

La Fritillaire Impériale

Je me dresse hautaine dans la passion
    Qui suffit à remplir ma vie.
    A tous je veux donner l'envie
De ma puissance souveraine, et d'un grand nom.

Place ! Je suis l'Impériale Fritillaire.
    Fille de princes et de rois,
    Mes ancêtres ont pour la Croix
Combattu vaillamment, et moi, moi ! J'en suis fière.

La fortune est aveugle et la jeunesse fuit
Emportant l'amour qui s'égare.
Mon blason brillant comme un phare,
Sur la terre et sur mer, orgueilleux resplendit.

Ni la richesse, ni la beauté transitoire,
Rien ne vaut un nom triomphant,
Ennobli par Dieu, par le sang,
Et qui vit immortel, environné de gloire.

La Giroflée

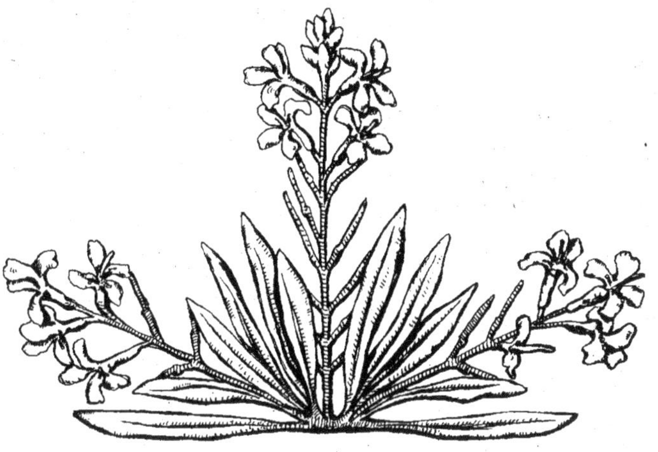

La Giroflée

Je vis sur le sommet des antiques murailles,
Inexorable verge d'or
Prête à sévir. Dans mon essor
Je m'élance rapide et vole aux représailles.

Fleur bizarre, je fais le vide autour de moi.
Je ne suis jamais endurante,
Aussi, lorsque l'amour me hante
Je veux être obéie à l'œil et à la voix.

Volontaire, je ne crains pas les invectives.
J'agis promptement, sans détours ;
Et pour mon seul plaisir, toujours
Je cherche la bataille en prenant l'offensive.

Mes reproches, mes cris appellent le combat.
Avec passion je persifle,
Et si je récolte la gifle
Je laisse l'adversaire en aussi triste état.

Lis

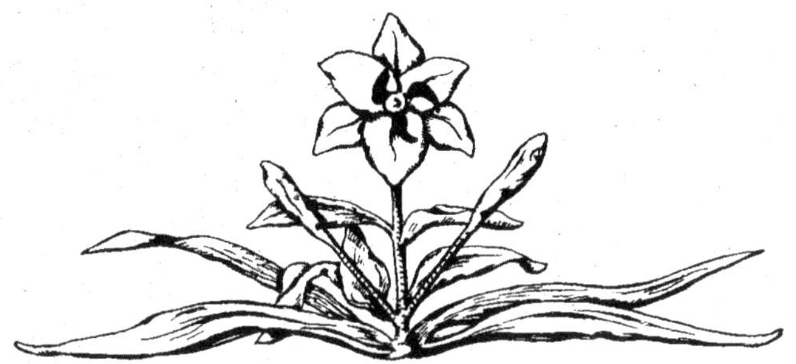

Lis

Odorant calice, fleur délicate et vierge,
Dans un pur amour virtuel,
En extase, les yeux au ciel,
J'implore le Seigneur à la lueur d'un cierge.

J'ai fait vœu de prier, et toujours et pour tous,
Pour les gueux qui dans leur misère
Ont blasphémé Dieu sur la terre,
Pour que les révoltés, les damnés soient absous.

Et je prierai dans la chapelle, les mains jointes;
Je prierai le Christ qui bénit.
Les prières durant la nuit
Et tout le jour, pâliront mes lèvres tremblantes,

Jusqu'à l'heure, où jonchant le seuil de mon tombeau
Des fleurs blanches, immaculées,
En longues guirlandes tressées,
Auront d'Eros, vaincu, fait tomber le bandeau.

La Pervenche

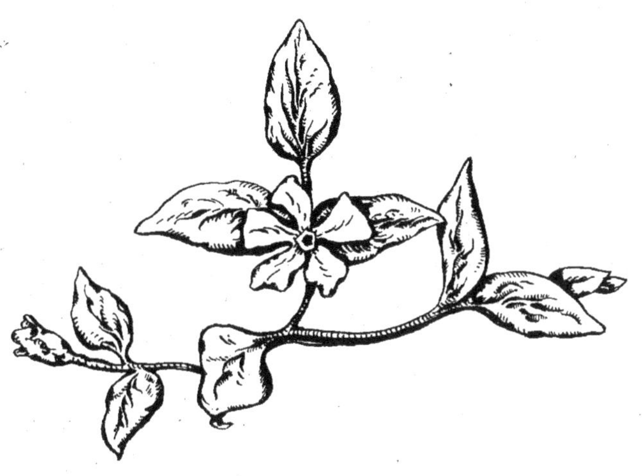

La Pervenche

Étoile bleue, un soir d'hiver je suis tombée
    Endormie au pied d'un buisson,
        Pour m'éveiller à la saison
Où la fleur naît, dans le soleil et la rosée.

Mes sœurs tendent au ciel une écharpe d'azur
    Signal de joie et d'espérance,
        Couleur de la mer dans une anse,
Où le flot fatigué repose calme et pur.

Mon âme est sur la terre aux pleurs compatissante ;
Et je suis l'amante des gueux,
Je calme l'angoisse de ceux
Qui guettés par la mort, frissonnent d'épouvante.

Pour eux je suis la fée en robe de saphir,
La Providence qui console
L'Oiseau Bleu, le Bonheur qui vole,
Et que leurs mains, leurs mains tremblantes vont saisir.

La Pensée

La Pensée

Lorsque mon bien-aimé, sur des ailes rigides,
  Vers le ciel s'envole, et léger
  Par le vent se laissant bercer,
Cabriole, et décrit des virages rapides ;

Ou bien s'il est captif, immergé parmi ceux
  Qu'un poisson d'airain emprisonne,
  Alors que tout son corps frissonne
Aux aguets d'un beau coup, digne des anciens preux,

Je me tiens, près de lui, invisible et fidèle.
J'admire l'éclat de ses yeux
Et de sa bouche l'arc joyeux,
Si son âme dans un sourire se révèle.

Inlassable je veille, et mon plus grand bonheur
Est d'obéir à ses caprices.
Je me soumets avec délices,
Toujours prête à répondre à l'appel de son cœur.

La Ronce noire

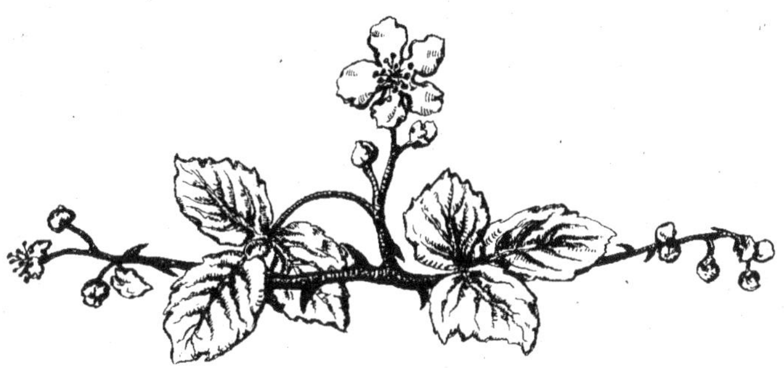

La Ronce noire

Ronce noire, que fais-tu, sournoise et muette
    A l'affût au bord du chemin.
    As-tu le sinistre dessein
D'assaillir le passant qui longe ta retraite ?

« J'attends celui que le hasard prend par la main,
    Celui qui toujours solitaire
    Cherche fortune, et puis espère
Rencontrer sous ses pas, l'amour sans lendemain.

Je l'accroche au passage, offrant la grappe noire
A l'acide et rude saveur.
Je suis marchande de bonheur
Et du plaisir, chez moi, c'est tous les jours la foire.

Dans mes grands yeux, pervers, cernés de Kohl, il lit
Soudain la troublante promesse,
De la chaude et lente caresse,
Qui, coup sur coup, mate la brute et l'assouvit. »

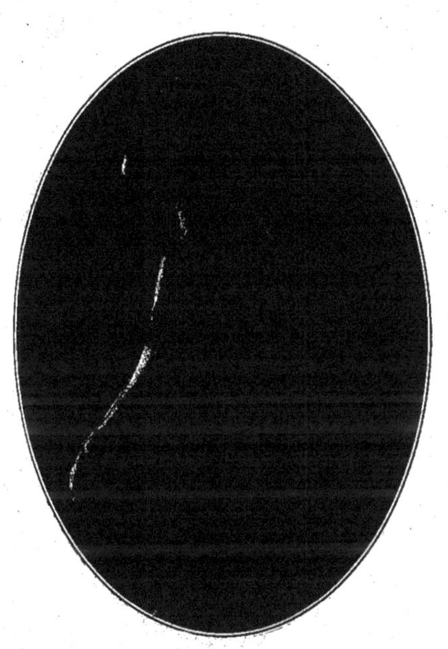

La Rose

La Rose

Jolie, entre les fleurs, et de parfums prodigue
Volontiers je les livre au vent
Qui s'en empare, et les répand
Parmi les prés et les taillis de la garrigue.

Coquette, je me pare, avec un vif éclat,
De rose les belles journées,
De blanc aux fêtes consacrées
Et d'or, très précieux, les soirs de grand gala.

Jolie, avec langueur, dès le matin j'étire
Au soleil mes bras odorants,
Puis, sur l'eau claire, en me penchant,
Je souris à ma blonde image que j'admire.

Coquette, je ramasse un lot de soupirants.
Mais je suis sage, et fine mouche,
Aussi malheur à qui me touche,
J'ai des griffes, et gare aux doigts, j'ai des piquants.

La Sauge Écarlate

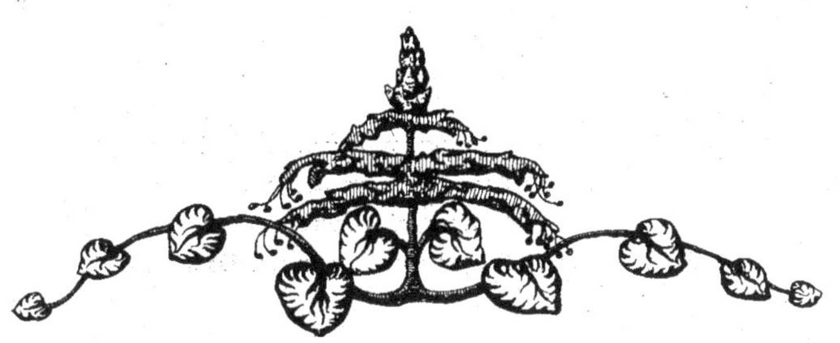

La Sauge Écarlate

Rouge écarlate, je sonne comme un appel
De longue et bruyante trompette.
Fière, je porte haut la tête,
Et lorsque j'aime mon amour se fait cruel.

Je suis jalouse. Imprudent le fou qui m'a prise,
Attiré par le vif éclat,
De ma belle robe incarnat,
Il connaîtra, bientôt, l'amour qui tyrannise.

Bon gré, mal gré, toujours il suivra mon destin.
J'en fais l'esclave de ma couche,
Et je veille d'un œil farouche
Pour empêcher l'essor d'un amour clandestin.

Connaître les replis secrets de sa pensée ?
C'est là mon unique souci.
Et qu'il n'ignore pas ceci :
« La fiole de poison venge la délaissée. »

La Scabieuse

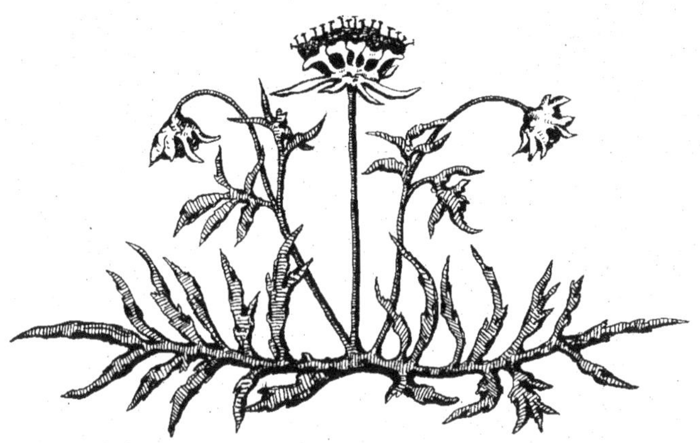

La Scabieuse

Ma fleur sombre à jamais évoquera mon deuil
    Et mon éternelle tristesse.
    Je n'ai pas même en ma détresse
L'espoir amer, de pleurer auprès d'un cercueil.

Il est mort sans faiblir, fauché par la tourmente,
    L'époux que tendrement j'aimais.
    Je ne le verrai plus jamais,
Jamais; toutes les nuits son image me hante.

Héros obscur, au centre même du combat,
Debout, dressant sa haute taille,
Il semblait narguer la mitraille,
Lorsque, sanglant, la bouche ouverte, il s'effondra.

Gardé par la croix il gisait : Mais une trombe
De fer s'abattit sur le mort.
Dans un sinistre éclair, alors
Le cadavre en lambeaux, jaillit hors de la tombe.

La Tubéreuse

La Tubéreuse

Très élégante, pleine de grâces enjôleuses,
J'exhale des parfums si doux
Qu'autour de moi, dans un remous,
Tournent des papillons, aux ailes ténébreuses.

Superbe d'impudeur, je livre à tous venants
Admis à partager ma couche,
Le sang, factice, de ma bouche,
Et l'orgueil de mes seins, dressés et provocants.

Ils avancent, mes amoureux, les mains tendues,
Fascinés par le tendre appel
De mes lèvres au goût de miel,
Et qui promettent des caresses éperdues.

Ils sont tous possédés du lubrique désir.
Affolé, leur cerveau délire,
De leurs yeux la prunelle vire,
Lorsque ils voient mon corps nu, pâmé d'amour, s'offrir.

Épilogue

Le Diélytra

Le Diélytra

Parmi ces fleurs, ami, celle qui vous enchante,
La plus belle sera pour vous,
Et je ne serai pas jaloux;
La mienne, de l'ardent bouquet se trouve absente.

Un printemps, je l'ai cueillie au jardin d'amour,
A peine éclose, jouvencelle,
Et je l'ai mise, élu fidèle,
Tendrement sur mon cœur, bien vite, sans détour.

D'un clair rayon d'argent sa gaîté m'environne.
Attentive aux coups du destin,
Ses chants, son rire cristallin,
Effacent de mon cœur les rides de l'automne.

Et lorsque la Camarde, à jamais, éteindra
Mes yeux verdis, pareils au jade,
Mon cœur, dans sa dernière aubade,
En expirant, pour elle encore chantera.

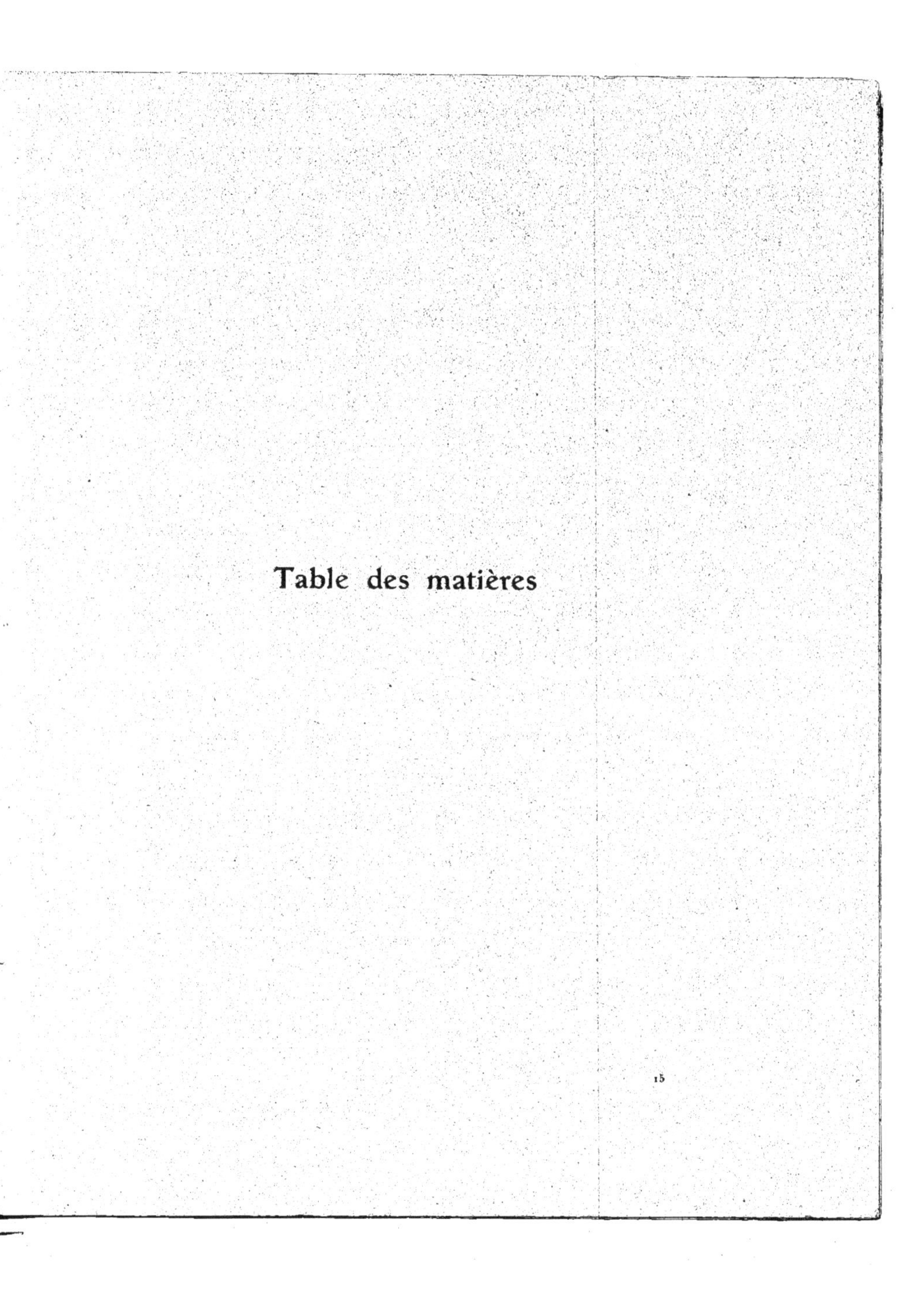

Table des matières

Table

ACHEVÉ D'IMPRIMER

Le cinq janvier mil neuf cent vingt-sept

PAR

ÉDOUARD PRIVAT

TOULOUSE

www.ingramcontent.com/pod-product-compliance
Ingram Content Group UK Ltd.
Pitfield, Milton Keynes, MK11 3LW, UK
UKHW022033170726
13837UKWH00002B/575